BEI GRIN MACHT SICH II-
WISSEN BEZAHLT

Bibliografische Information der Deutschen Nationalbibliothek:

Die Deutsche Bibliothek verzeichnet diese Publikation in der Deutschen National-
bibliografie; detaillierte bibliografische Daten sind im Internet über http://dnb.d-
nb.de/ abrufbar.

Impressum:

Copyright © 2011 GRIN Verlag
Druck und Bindung: Books on Demand GmbH, Norderstedt Germany
ISBN: 9783668681255

Dieses Buch bei GRIN:

https://www.grin.com/document/419051

Bernd Wladika

Sinfonische Konzepte nach Beethoven. Hector Berlioz' "Symphonie fantastique" und Felix Mendelssohn Bartholdys Sinfonie Nr. 2 "Lobgesang"

GRIN Verlag

GRIN - Your knowledge has value

Der GRIN Verlag publiziert seit 1998 wissenschaftliche Arbeiten von Studenten, Hochschullehrern und anderen Akademikern als eBook und gedrucktes Buch. Die Verlagswebsite www.grin.com ist die ideale Plattform zur Veröffentlichung von Hausarbeiten, Abschlussarbeiten, wissenschaftlichen Aufsätzen, Dissertationen und Fachbüchern.

Universität Siegen

Fakultät II: Bildung · Architektur · Künste

Department Kunst und Musik

Hausarbeit

Sinfonische Konzepte nach Beethoven:
Hector Berlioz' *Symphonie fantastique* und Felix
Mendelssohn Bartholdys Sinfonie Nr. 2 *Lobgesang*

vorgelegt von Bernd Wladika

im Seminar

Die Sinfonie – von ihren Anfängen bis zum Ende der Romantik

im Sommersemester 2011

Inhaltsverzeichnis

1. Einleitung

Die vorliegende Hausarbeit beschäftigt sich mit der *Symphonie fantastique* op. 14 von Hector Berlioz und der Sinfonie Nr. 2 *Lobgesang* op. 52 von Felix Mendelssohn Bartholdy unter dem Gesichtspunkt sinfonischer Konzepte in der postbeethovenschen Zeit. Die beiden im Rahmen der Hausarbeit thematisierten Werke wurden als repräsentative Beispiele ausgewählt, um die in unterschiedliche Richtungen führende Fortentwicklung der Sinfonie im 19. Jahrhundert und die damit verbundene Entfernung von der Gattungstradition zu veranschaulichen, wobei die Grundlagen für diese Entwicklung bereits in der Sinfonik Beethovens anklingen.

Zu Beginn der Arbeit erfolgt ein Überblick über Beethovens sinfonisches Schaffen. In diesem Zusammenhang erschien es als notwendig, in der gebotenen Kürze auch auf die äußere Form und inhaltliche Ausgestaltung der Sinfonie gegen Ende des 18. Jahrhunderts einzugehen, da die dortigen Ansätze durch Beethoven aufgegriffen und in seinen Werken fortgeführt wurden. Die Sinfonien des späten 18. Jahrhunderts können somit als Ausgangspunkt für Beethovens Sinfonik aufgefasst werden und bilden zugleich den Maßstab dafür, was als *Gattungstradition* angesehen wurde. Ferner werden Beethovens *Sinfonien Nr. 6* und *Nr. 9* zum Gegenstand der Ausführungen gemacht, da diese grundlegende Anknüpfungspunkte für die anschließende Erörterung der bereits genannten Werke von Berlioz und Mendelssohn aufweisen und diese jeweils vor dem Hintergrund Beethovens Sinfonik betrachtet werden sollen. Die Reihenfolge der Betrachtung von Berlioz' *Symphonie fantastique* und Mendelssohns *Lobgesang* folgt der zeitlichen Reihenfolge der jeweiligen Werkentstehung.

Die Schlussbetrachtung umfasst eine abschließende Bewertung der im Zuge der vorangegangenen Ausführungen herausgearbeiteten Aspekte. Ein kurzer Ausblick auf die Sinfonik späterer Komponisten rundet die Ausführungen ab.

2. Vorbild und Maßstab: Beethovens Sinfonik

2.1 Die Sinfonie in der Zeit Beethovens

Gegen Ende des 18. Jahrhunderts hatte sich die Sinfonie als Repräsentantin anspruchsvoller Instrumentalmusik etabliert, was sich im Spätwerk von Wolfgang Amadeus Mozart und Joseph Haydn widerspiegelt. Insoweit kann die Entwicklung der Sinfonie in einem engen Verhältnis zu der zunehmenden Etablierung eines öffentlichen Konzertlebens gesehen werden, dessen Prozess gegen Ende des 18. Jahrhunderts in London bereits weit fortgeschritten war und in das sich Joseph Haydn mit seinen *Londoner Sinfonien* (Sinfonien Nr. 93 bis 104), welche in den 1790er Jahren entstanden sind, einbrachte. Eine kurze Betrachtung dieser Werke ermöglicht eine Orientierung über das Erscheinungsbild der typischen Sinfonie des späten 18. Jahrhunderts, im Sinne von Konzertsinfonien, die sich einem anspruchsvollen Publikum gegenübergestellt sahen. Als übliches Merkmal der Gattung hatte sich die Viersätzigkeit etabliert: schnelle Ecksätze, einen langsamen 2. Satz und ein Menuett im 3. Satz. Darüber hinaus sind auch die weiteren Einflüsse der Entwicklungen der vorangegangenen Zeit erkennbar, insbesondere die Veränderung der inneren Dimensionen zugunsten einer größeren Breite, was an der Länge der Werke deutlich wird, oder auch die Erweiterung der Orchesterbesetzung, welche die Erschließung von neuen klanglichen Ausdruckspotentialen ermöglichte. Beispielsweise verwendete Haydn in seiner *Sinfonie Nr. 99* erstmals Klarinetten im Orchester.[1] Bei Betrachtung des Aufführungskontextes von Haydns *Londoner Sinfonien* wird der Stellenwert deutlich, den die Gattung Sinfonie zu dieser Zeit erlangt hatte: Waren die Aufführungen derselben doch in Konzerte eingebettet, die eine bedeutende Ausstrahlung innerhalb des Londoner Musiklebens besaßen und einem aus dem Adel und dem gehobenen Bürgertum stammenden Publikum zum Besten gegeben wurden.[2] Die monumentale Bedeutung dieser Werke wurde bereits durch fachkundige Zeitgenossen Haydns erkannt und anerkennend

---

1 Vgl. Matthias Henke: *Joseph Haydn*, München 2009, S. 117.
2 Vgl. ebd., S. 105–106.

gewürdigt.[3] Diese Konzepte wurden von Ludwig van Beethoven, der mit seiner Sinfonik das Erbe Mozarts und Haydns angetreten hatte, aufgegriffen und zu einem Ausmaß gesteigert, das innerhalb der Gattung neue Maßstäbe setzte, die bis heute Geltung beanspruchen. An vollzogenen Neuerungen ist die Einführung des Scherzo anstelle des Menuetts zu erwähnen. Allerdings können insoweit die Grundlagen bereits insbesondere in Haydns Spätwerk lokalisiert werden. So sind die Menuette in seinen *Londoner Sinfonien* zum Teil mit Vortragsbezeichnungen wie *allegro* oder sogar *allegro molto* versehen, welche dem Menuett als gemächlichem Tanz fremd waren. Auch in Beethovens *Sinfonie Nr. 1* op. 21 findet sich hinsichtlich des Menuetts die Vortragsbezeichnung *allegro molto e vivace*, was die sich abzeichnende allmähliche Abkehr von der Verwendung des Menuetts hin zum Scherzo belegt. Die Orchesterbesetzung wurde durch Beethoven weiter vergrößert. Inhaltlich kam es zu einer starken Ausweitung der Themen. Auch die kompositorische Arbeitsmoral Beethovens, die von einem oft jahrelangen Konstruktions- und Reifeprozess geprägt war, schlägt sich – und dies betrifft nicht nur die Gattung der Sinfonie – in einem deutlich vergrößerten Werkumfang und einer bis dahin nicht gekannten Ausdrucksstärke nieder. Größtmögliche Individualität kennzeichnet insoweit Beethovens Schaffen. Diese bedeutenden Neuerungen im Werk Beethovens wurden für nachfolgende Komponistengenerationen zum Vorbild und Maß (was diese nicht selten vor Schwierigkeiten sowie innere und äußere Konflikte stellen konnte), für Musikkritiker zum Maßstab.[4]

Schließlich finden sich in Beethovens Sinfonik erste Versuche, die etablierte Form der Sinfonie zu durchbrechen. Diese Ansätze wurden von nachfolgenden Komponistengenerationen wiederum in verschiedene Richtungen bis hin zu der Entwicklung einer neuen Gattung fortgeführt. Für die in der vorliegenden Arbeit beispielhaft erörterten Werke von Berlioz und Mendelssohn sind diese Ansätze von

---

3   Vgl. ebd., S. 118: Die anlässlich eines Benefizkonzertes aufgeführten Werke Haydns, namentlich der *Sinfonie Nr. 104*, wurden durch den englischen Musikhistoriker Charles Burney als „Jahrhundertereignis" gepriesen.
4   Mit den Worten „Beethoven – Maß und Bürde" bringt der Musikwissenschaftler Wolfram Steinbeck dieses Phänomen auf den Punkt, welches die Musikgeschichte in der postbeethovenschen Zeit eindringlich prägen sollte; vgl. Wolfram Steinbeck: *Die Symphonie im 19. und 20. Jahrhundert, Teil 1: Romantische und nationale Symphonik* (= *Handbuch der musikalischen Gattungen Bd. 3,1*), Laaber 2002, S. 20.

maßgeblicher Bedeutung. Zwei die etablierte Form der Sinfonie in auffälliger Weise durchbrechende Werke Beethovens sollen deshalb im folgenden Unterkapitel näher betrachtet werden.

2.2 Vorboten einer Entwicklung: die *Sinfonien Nr. 6* und *Nr. 9*

Ludwig van Beethovens Sinfonie Nr. 6 op. 68 *Pastorale* und *Sinfonie Nr. 9* op. 125 brachten bedeutsame Neuerungen mit sich, die deutliche Abweichungen von der Gattungstradition erkennen lassen. In beiden Werken kommt es zu einer Durchbrechung der etablierten Form der Sinfonie als viersätzigem reinen Instrumentalstück, sei es nun die Erweiterung um einen fünften Satz und die Bezugnahme auf einen außermusikalischen Gehalt (ähnlich der Sinfonie *Le Portrait musical de la nature* von Justin Heinrich Knecht) in der *Pastorale* oder die Einbeziehung von Gesang in der *Neunten*.

Die *Pastorale* umfasst, wie zuvor angedeutet, fünf Sätze, was die Viersätzigkeit der Gattungstradition sprengt. Hinzu kommt, dass die *Sinfonie Nr. 6* das Erleben friedvoller Natur beschreibt und damit einen Zusammenhang mit einem außermusikalischen Gehalt indiziert. So beschreibt die *Sinfonie Nr. 6* in den ersten drei Sätzen eine Naturidylle, sowie das Landleben. Im 4. Satz kommt es zu einem dramatischen Höhepunkt in Form eines Gewitters, welches mit einem Sturm einhergeht. Nach einem *attacca*-Übergang in den 5. Satz wird in diesem durch die Symbolik einer Danksagung an die Schöpfung das Bild der friedvollen Natur wiederhergestellt. Was die Thematik des Werkes anbetrifft, so können insoweit auch autobiografische Bezüge vermutet werden, da bei Beethoven persönliche Vorlieben für Ausflüge in die Natur nachweisbar sind.[5] Auch zeigt sich in dem Werk „Beethovens Interesse an dem beliebten Genre deskriptiver Musik, das später 'Programmmusik' genannt werden sollte"[6]. Obgleich man nicht in Abrede stellen kann, dass dem Werk eine gewisse Programmatik anhaftet, stand Beethoven einer solchen durchaus skeptisch gegenüber, was sich in den folgenden Äußerungen des Komponisten

---

5 Vgl. Lewis Lockwood: *Beethoven. Seine Musik. Sein Leben*, Kassel 2009, S. 175.
6 Ebd., S. 175.

widerspiegelt: „Jede Mahlerei, nachdem sie in der Instrumentalmusik zu weitgetrieben, verliehrt"[7], sowie: „Auch ohne Beschreibung wird man das Ganze welches mehr Empfindung als Tongemählde erkennen."[8]

Anhand dieser Umstände kann davon ausgegangen werden, dass Beethoven darum bemüht war, die Erschließung der in dem Werk wiedergegebenen Empfindungen ohne Beschreibung zu ermöglichen (wenngleich auch jedem Satz einige erläuternde Worte vorangestellt wurden). Aufgrund des hohen Maßes an Authentizität ist ihm dies allemal gelungen. So findet sich in einschlägiger Literatur hinsichtlich des Gewitters im 4. Satz beispielsweise der anerkennende Hinweis, es handele sich bei dem sinfonischen Gewitter um „das genialste, das je komponiert wurde".[9]

Letztlich kann festgestellt werden, dass Beethovens *Pastorale* aufgrund der in ihr enthaltenen Ideen diverse Anknüpfungspunkte für die Weiterentwicklung der Programmmusik im 19. Jahrhundert geschaffen hatte. Zwar gab es, ebenso wie klangliche Nachbildungen von Stürmen, Seereisen etc. auch bereits Pastoralsinfonien aus der Feder von Komponisten des 18. Jahrhunderts (darunter die erwähnte Sinfonie von Knecht), jedoch „wies keines dieser Werke ein Modell auf, das dem Niveau der musikalischen Gedanken Beethovens und deren Verflechtung ebenbürtig war."[10] Beethoven selbst setzte alles daran, es zu vermeiden, dass seine *Pastorale* mit der zeitgenössischen Programmmusik auf eine Stufe gestellt wird. Diese energischen Bestrebungen können sicher auch vor dem Hintergrund der damaligen Musikästhetik erklärt werden, „die musikalische Malerei gern als Primitivismus abtut".[11] Vor diesem „Odium einer Programmsinfonie"[12] wollte Beethoven sein Werk durch gezielte Erläuterungen bewahren. Er legte „offensichtlichen Wert darauf, dass die malenden und realistischen Züge der *Pastorale* nicht überbewertet und von den Hörern als der eigentliche Reiz der Sinfonie angesehen würden."[13] Der Hinweis „mehr Ausdruck der Empfindung als Mahlerey" findet sich schließlich selbst auf dem Programmzettel der

---

7 Vgl. Gustav Nottebohm: *Zweite Beethoveniana. Nachgelassene Aufsätze*, Leipzig 1887, S. 375 und S. 504, zit. nach: Lockwood 2009, S. 176.
8 Ebd.
9 Martin Geck: *Wenn der Buckelwal in die Oper geht. 33 Variationen über die Wunder klassischer Musik*, München 2009, S. 10.
10 Lockwood 2009, S. 175–176.
11 Geck 2009, S. 107.
12 Ebd., S. 55.
13 Martin Geck: *Ludwig van Beethoven*, 5. Auflage, Reinbek 2001, S. 105.

Erstaufführung.[14] Nichtsdestotrotz konnte die Vorbildfunktion und die daraus resultierenden, zumindest indirekten Einflüsse auf die Konzeption von Programmsinfonien, wie Hector Berlioz' *Symphonie fantastique* nicht verhindert werden, auch wenn dem Versuch eines direkten Vergleiches Grenzen gesetzt sind. Diese Umstände werden allerdings Gegenstand eines späteren Kapitels sein.

Als weiteres von der Gattungstradition abweichendes Werk soll nunmehr Beethovens *Sinfonie Nr. 9* op. 125 betrachtet werden. Im Gegensatz zur *Pastorale* bleibt diese innerhalb des Rahmens der Viersätzigkeit. Jedoch sprengt auch diese die Gepflogenheiten der bisherigen sinfonischen Tradition, indem Gesangssolisten und ein Chor im 4. Satz eingearbeitet sind. Eine solche Konstellation fand in diesem Werk erstmals Eingang in eine Sinfonie.[15] Dies führt dazu, dass die Sinfonie ihren Charakter als reines Instrumentalstück zwangsläufig verloren hatte, was den ästhetischen Ansprüchen an die Gattung als *reine* Instrumentalmusik, die auf „keine außer ihr liegenden Mittel zurückgreifen muss"[16], zuwiderläuft. Diese Auffassung hinsichtlich der Instrumentalmusik wurde wesentlich durch Ernst Theodor Amadeus Hoffmann begründet und war für die Musikgeschichte des 19. Jahrhunderts, prägend.[17]

Inhaltlich stehen zunächst drei Instrumentalsätze. Im 4. Satz erfolgt die Vertonung von ausgewählten Textstellen von Friedrich Schillers Ode *An die Freude*. Zu Beginn des Satzes werden zunächst Zitate der bisherigen Sätze angespielt und sodann schroff verworfen, bis schließlich die den Vokalteil maßgeblich tragende Melodie zunächst instrumental angekündigt, dann mit zunehmender klanglicher Intensität (durch das Hinzutreten weiterer Instrumente bis hin zum Tutti) vorgetragen und im weiteren Verlauf des Satzes schließlich von den Gesangssolisten und dem Chor aufgegriffen wird, sodass sich der 4. Satz zu einem gewaltigen Chorfinale entwickelt.

Der Hintergrund für die Konzeption dieses Werkes kann in den politischen Verhältnissen der damaligen Zeit gesehen werden: Nach Zurückdrängung und Besiegung der napoleonischen Truppen war man nach dem Wiener Kongress um die Wiederherstellung der einstigen gesellschaftlichen Verhältnisse bemüht, welche durch

---

14 Vgl. ebd.
15 Vgl. Lockwood 2009, S. 322.
16 Vgl. Steinbeck 2002, S. 14.
17 Vgl. ebd., S. 15.

8

die napoleonischen Kriege grundlegend verändert worden waren. Dieser Prozess der Restauration ging mit erheblichen Repressionen wie Bespitzelungen, Denunziation bis hin zu radikaler Zensur von Schriften einher. Beethoven musste miterleben, wie die auch von ihm seinerzeit so sehr verachteten gesellschaftlichen Verhältnisse infolge des Wiener Kongresses wiederhergestellt wurden.

Die *Neunte* mit dem Schlusschor kann deshalb als Antwort Beethovens, der ein begeisterter Anhänger der Ideen der französischen Revolution gewesen ist, auf diese politischen Entwicklungen aufgefasst werden, insbesondere vor dem Hintergrund der Art und Weise der Vertonung des verwendeten Textmaterials: Mit dem Chorfinale in der *Neunten* griff Beethoven eine frühere Idee zur Vertonung von Schillers Ode *An die Freude* wieder auf[18], allerdings verbunden mit einem völlig anderen Kontext. Denn „nicht als Sololied für eine Aufführung in privaten Salons von Musikliebhabern, sondern als Hymne, die im größtmöglichen Rahmen, im Konzertsaal erklingen sollte".[19] Durch die Einarbeitung des Textes in eine Sinfonie als musikalisches Kunstwerk von höchstem Rang[20] wurde der Bedeutungsgehalt von Schillers Gedicht auf den gleichen Rang erhoben. Somit werden die darin enthaltenen gesellschaftlichen Ideale mit den Gedanken einer siegreichen Revolution („Freu dich wie ein Held zu siegen") und der Verbrüderung der Menschheit („Alle Menschen werden Brüder") in die Welt getragen und in eine weit über das bloße musikalische Kunstwerk hinausgehende Dimension erhoben. Wie bereits oben erwähnt, stellte die Einbeziehung von Gesang in Beethovens *9. Sinfonie* und der sich daraus ergebenden Vermischung von Sinfonie und Kantate ein Novum in der Geschichte der Sinfonie dar. Aufgrund der in ihr enthaltenen Neuerungen und Brüchen mit der Gattungstradition kann die *Neunte* als wegweisend für die weitere Entwicklung der Sinfonie angesehen werden.

Die daraus durchaus resultierende Vorbilds- und Maßstabsfunktion von Beethovens *Neunter* für spätere Komponisten und Musikkritiker soll in einem späteren Kapitel im Zusammenhang mit Felix Mendelssohn Bartholdys Sinfonie Nr. 2 *Lobgesang* noch weitergehend erörtert und vertieft werden.

---

18 Vgl. Lockwood 2009, S. 326.
19 Lockwood 2009, S. 326.
20 Vgl. Steinbeck 2002, S. 11: Die Sinfonie erlangte Anfang des 19. Jahrhunderts den Status der „höchsten Gattung der Musik, ja der Künste überhaupt".

3. Weiterentwicklung der Sinfonie in der postbeethovenschen Zeit

3.1 Hector Berlioz' *Symphonie fantastique* op. 14

Als Beispiel für die Entfernung von der Gattungstradition und für die Einbringung neuer Ideen in die Gattung der Sinfonie soll nunmehr Hector Berlioz' wohl berühmtestes Werk[21], die *Symphonie fantastique* op. 14 betrachtet werden.

3.1.1 Sujet und Werkaufbau der *Symphonie fantastique*

Die *Symphonie fantastique*, der Berlioz ursprünglich den Titel *Épisode de la vie d'un artiste* gegeben hatte, ist im Jahre 1830 entstanden und wurde am 5. Dezember desselben Jahres uraufgeführt.[22] Es handelt sich bei der Komposition um eine sogenannte Programmsinfonie.[23] Gegenstand der Komposition ist die musikalische Verarbeitung eines außermusikalischen Sujet, welches das Programm bildet, das auf einem Programmzettel niedergelegt ist. Die Verteilung dieses Programmzettels an das Publikum bei der Aufführung der *Symphonie fantastique* erschien für das Werkverständnis unerlässlich.[24] Unter Heranziehung des Programmzettels[25] kann die dem Werk zugrunde gelegte Handlung wie folgt zusammengefasst werden:

Im 1. Satz stellt sich der Komponist vor, dass der Protagonist, ein junger Musiker, an der seelischen Krankheit „vague des passions" leidet. Dieser Musiker verliebt sich unsterblich in eine Frau. Das Bild der Geliebten erscheint dem Musiker stets in Verbindung mit einem musikalischen Motiv, welches er seiner Geliebten zuordnet. Das musikalische Spiegelbild und dessen Modell verfolgen den Künstler zwanghaft (*idée fixe*), beispielsweise mitten im Trubel eines Festes im 2. Satz oder in einer Pastoralszene

---

21 Vgl. Steinbeck 2002, S. 69.
22 Vgl. Hugh Macdonald: *Vorwort*, in: Hector Berlioz: *Symphonie fantastique*, London u.a. 1977, S. VII.
23 Vgl. Steinbeck 2002, S. 70.
24 Vgl. ebd., S. 79.
25 Vgl. Hector Berlioz: *Symphonie fantastique*, London u.a. 1977, S. XVI–XIX.

im 3. Satz. Hier hegt der Protagonist dunkle Vorahnungen („Mais si elle le trompait!"), die schließlich zu der dramatischen Zuspitzung der Handlung im 4. Satz hinführt: Davon überzeugt, dass seine Geliebte unerreichbar bleibt, vergiftet sich der Protagonist mit einem Rauschmittel, welches ihn jedoch nicht tötet, sondern in einen Tiefschlaf und einen fürchterlichen Alptraum versetzt. Er träumt, er habe seine Geliebte getötet und soll dafür hingerichtet werden. Kurz vor seiner Hinrichtung erscheint mit der *idée fixe* ein letzter Gedanke an seine Geliebte, der durch den Todesstoß unterbrochen wird. Im 5. Satz sieht sich der Protagonist auf einem Hexensabbat inmitten von Hexen, Zauberern und Monster, welche seiner Beerdigung beiwohnen.

An äußerlichen Merkmalen fällt an der Komposition zunächst auf, dass die *Symphonie fantastique* entgegen der Gattungstradition fünf Sätze umfasst. Im Hinblick auf die Orchesterbesetzung ist bemerkenswert, dass neben der üblichen Orchesterbesetzung unter anderem zwei Harfen, sowie Glocken zum Einsatz kommen.[26] Auch die Verwendung eines Walzers im zweiten Satz (zwar steht dieser nicht im 3/4- sondern im 3/8-Takt, wird aber ausdrücklich als *Valse* bezeichnet) stellt innerhalb der Gattung eine Besonderheit dar.

Der Einsatz und die Wirkung der *idée fixe* als ein das Werk maßgeblich prägendes Element soll nunmehr anhand exemplarischer Beispiele betrachtet werden: Der 1. Satz *Rêveries – Passions* beginnt mit einer langsamen Einleitung. Beim Einsetzten des *Allegro* erklingt ab Takt 72 erstmals die *idée fixe* (Bsp. 1).

Bsp. 1: Die *idée fixe* im 1. Satz der *Symphonie fantastique*. Eigene Abschrift nach: Edition Eulenburg 1977.

Von dieser Stelle an kehrt die *idée fixe* immer wieder in das musikalische Geschehen zurück. Als Beispiele soll zunächst der 2. Satz *Un Bal* betrachtet werden. In den zunächst vorgetragenen Tanz bricht nach einem kurzen Übergang in den Takten 116 bis

---

26 Vgl. Berlioz 1977, S. XX.

119, der den Hörer aus der zuvor dargestellten Tanzszene herausreißt, in Takt 120 die *idée fixe* in das musikalische Geschehen ein. Die *idée fixe* steht hier, wie der vorangegangene Tanz, im 3/8-Takt (Bsp. 2). Trotzdem bleibt sie deutlich wahrnehmbar.

Bsp. 2: Die *idée fixe* im 2. Satz. Diese wurde dem 3/8-Takt des 2. Satzes angeglichen.
Eigene Abschrift nach: Edition Eulenburg 1977.

Diese Konstellation ermöglicht dem Hörer die den Protagonisten verfolgende Zwangsvorstellung nachzuempfinden und unterstreicht die im Programm beschriebene Wiederkehr der Geliebten in der Vorstellung des Protagonisten. Gleiches gilt auch für die folgenden Sätze des Werkes. Auch im 3. Satz *Scène aux Champs* tritt während der dargestellten Pastoralszene die Melodie der Geliebten in das Geschehen ein. Dieses Mal erscheint die *idée fixe* in einem Wechselspiel zwischen Flöte, Oboe und Klarinette (Bsp. 3).

Bsp. 3: Die *idée fixe* im 4. Satz der *Symphonie fantastique*. Trotz der veränderten
Taktart bleibt die die *idée fixe* gut erkennbar. Im vorliegenden Beispiel wird sie
von mehreren Instrumenten im Wechsel vorgetragen. Eigene Abschrift nach:
Edition Eulenburg 1977.

Geradezu schauerlich mutet der musikalisch dargestellte Todesstoß im 4. Satz *Marche au Supplice* an (Bsp. 4). Die *idée fixe* wird hierbei von der Klarinette in G-Dur angespielt (Takte 165 bis 168) und nach vier Takten durch einen *fortissimo* im Tutti erklingenden g-Moll-Akkord unterbrochen (Takt 169).

Bsp. 4: Die *idée fixe* wird durch Todesstoß im Tutti unterbrochen. Eigene
Abschrift nach: Edition Eulenburg 1977.

3.1.2 Literaturgeschichtliche und autobiografische Bezüge

Hinsichtlich des in der *Symphonie fantastique* verarbeiteten literarischen Programms lässt sich festhalten, dass durch das Sujet die bei Berlioz gegebene Faszination für „Stoffe aus dem Reich des Geisterhaft-Dämonischen"[27], oder auch, wie es Martin Geck formuliert, Berlioz' „Hang zum Makaberen"[28] hervortritt. Das Programm des Werkes ist „keine historische oder mythologische 'Geschichte' mehr, sondern selbst eine 'conte fantastique'."[29]

Somit weist die Art des gewählten Sujets auch einen deutlichen Bezug zu einer Strömung in der deutschen Literatur des beginnenden 19. Jahrhunderts auf – der schwarzen Romantik. Das Interesse der literarischen Werke dieser Strömung galt den „Nachtseiten der menschlichen Existenz"[30] mit den typischen Themen wie Geisterspuk, Selbstmord oder schwarze Messen, verbunden mit einer starken Fokussierung auf die Macht des Unbewussten.

Eine zentrale Figur dieser Strömung stellte der vielseitig künstlerisch begabte Ernst Theodor Amadeus Hoffmann dar, der in seinen literarischen Werken das Unheimliche,

---

27 Steinbeck 2002, S. 70.
28 Geck 2009, S. 89.
29 Steinbeck 2002, S. 74.
30 Inge Stephan: *Die späte Romantik*, in: *Deutsche Literaturgeschichte. Von den Anfängen bis zur Gegenwart*, 7. Auflage, Stuttgart und Weimar 2008, S. 224.

Dämonische, den Wahnsinn und das Verbrechen in den Mittelpunkt stellt.[31] In diesen Zusammenhang passt auch der Umstand, dass Berlioz' Sinfonik wesentlich durch die um 1830 einsetzende „romantische Bewegung" in Frankreich bestimmt wurde.[32] Zu dieser „romantischen Bewegung" gehört auch der „um 1828 einsetzende und sich zum Kult ausweitende Enthusiasmus für die Werke E. T. A. Hoffmanns."[33] Ferner weist das Sujet auch einen starken autobiographischen Bezug auf: „Die zunächst ungestillte Leidenschaft für die Shakespeare-Schauspielerin Harriet Smithson ist [...] wesentliche Voraussetzung für die Entstehung und das 'Programm' des Werkes."[34] Insoweit berichtet Berlioz in seinen Memoiren davon, „wie er monatelang im Zustand des Deliriums in den Straßen umhergeirrt war, ohne die Qualen einer Leidenschaft ertragen zu können, die ihm hoffnungslos erschien."[35]

3.1.3 Die *Symphonie fantastique* vor dem Hintergrund Beethovens Sinfonik

Die Beschäftigung von Berlioz mit der Gattung Sinfonie, insbesondere seine Bestrebungen zur Erweiterung der Gattung kann auf seine enthusiastische Beethoven-Verehrung zurückgeführt werden, mit dessen Sinfonien Berlioz im Zuge einer Reihe von Aufführungen in Frankreich ab 1828 in Berührung gekommen ist.[36] Insoweit kann Berlioz' Memoiren entnommen werden, dass Beethovens Sinfonien auf ihn eine faszinierende Wirkung gehabt haben müssen.[37] Aufgegriffen wurden durch Berlioz in seinen eigenen Beiträgen zur Gattung der Sinfonie „vornehmlich jene Momente, die an Beethovens Werk als das Revolutionäre, das Formen Sprengende, mitunter auch als das Bizarre angesehen wurden."[38] Diese Fokussierung auf die Abweichungen von der etablierten Form und deren Intensivierung können im Ergebnis die immensen Brüche mit der Gattungstradition in Berlioz' Werk erklären. Diese Brüche reichen soweit, dass

---

31 Vgl. ebd., S. 223.
32 Vgl. Steinbeck 2002, S. 74.
33 Ebd.
34 Ebd.
35 Macdonald 1977, S. VII.
36 Vgl. Steinbeck 2002, S. 73.
37 Vgl. ebd., S. 73–74.
38 Ebd., S. 74.

sie als „Initialzündung" einer Entwicklung angesehen werden können, „die später die europäische Musikwelt in nahezu unversöhnliche Lager" gespalten hat, womit die *Neudeutschen* um Richard Wagner und Franz Liszt und ihre konservativen Gegner um den Wiener Musikkritiker Eduard Hanslick gemeint sind.[39] Ferner dürfte auch Berlioz' Berührung mit der Oper, als der in Frankreich vorherrschenden Gattung, eine Inspirationsquelle für seine *Symphonie fantastique* darstellen, die der Komponist „selbst als 'drame instrumental' bezeichnet hat".[40]

Wegen ihres Bezugs zu einem außermusikalischen Gehalt kann die *Symphonie fantastique* mit Beethovens *Pastorale* in Verbindung gebracht werden, wobei auch inhaltlich gewisse Beziehungen unter den beiden Werken hergestellt werden können. Das folgende Beispiel soll dies verdeutlichen: Über die bloße Analogie der Fünfzahl der Sätze hinausgehend, stellen beide Werke im 1. Satz eine „Reihe von allgemeinen Gefühlszuständen des 'poetischen Subjekts' der Symphonie"[41] dar, in Beethovens *Pastorale* das „Erwachen heiterer Empfindungen bei Ankunft auf dem Lande", in der *Symphonie fantastique* das „vague des passions".[42] In den jeweils folgenden vier Sätzen stehen Szenarien der Außenwelt im Vordergrund.[43]

Andererseits sind dem Vergleich mit Beethovens *Pastorale* durchaus Grenzen gesetzt. Ein Programm liegt diesem Werk nicht zugrunde, da ein solches nicht benötigt wird und sich die Ideenkonstruktion durch die plastische Charakteristik der Musik erschließt.[44] Die Überschriften der Sätze stellen keine Voraussetzung für das Verständnis dar, „sondern sind sprachliche Übersetzungen der symphonischen Idee."[45] In diesem Sinne wollte auch Beethoven selbst die *Pastorale* verstanden wissen.[46] Hinzu kommt, dass die offensichtlichen außermusikalischen Bezüge in Form der Naturbeschreibung bei der *Pastorale* zwar, wie bereits im Kapitel 2.2 ausgeführt, eine gewisse Programmatik zu indizieren vermögen, die auffallenden Motive mit tonmalerischen Tendenzen bei Würdigung des Gesamtzusammenhanges jedoch als „Anspielungen auf die Tradition

---

39 Vgl. ebd., S. 69.
40 Vgl. ebd., S. 75.
41 Wolfgang Dömling: *Hector Berlioz. Die symphonisch-dramatischen Werke*, Stuttgart 1979, S. 33.
42 Vgl. ebd.
43 Vgl. ebd.
44 Vgl. Steinbeck 2002, S. 79.
45 Ebd.
46 Vgl. Ausführungen im Kapitel 2.2 der vorliegenden Hausarbeit.

der Pastoralkompositionen"[47] verstanden werden können – ein Genre das auch im Œuvre anderer Komponisten des 19. Jahrhunderts vorzufinden ist.[48] Die in diesem Genre anklingende Programmatik erreicht jedoch keinesfalls die Ausmaße, wie dies in Berlioz' *Symphonie fantastique* der Fall ist. Denn hier bildet das verschriftlichte, durchaus umfangreiche Programm die elementare Voraussetzung für das Verständnis des Werkes.[49] Dies wiederum hat zur Folge, dass die Bedeutung des außermusikalischen Gehaltes in den Mittelpunkt des Werkes gerückt wird.

3.2. Felix Mendelssohn Bartholdys Sinfonie Nr. 2 *Lobgesang* op. 52

Als weiteres Beispiel für die Entfernung von der Gattungstradition im 19. Jahrhundert wird nunmehr die Sinfonie Nr. 2 *Lobgesang* von Felix Mendelssohn Bartholdy zum Gegenstand der vorliegenden Arbeit gemacht.

3.2.1 Hintergründe der Entstehung

Den Entstehungsanlass für Felix Mendelssohn Bartholdys Sinfonie Nr. 2 *Lobgesang* bildete die im Jahre 1840 in Leipzig (als Zentrum des Buchhandels im deutschsprachigen Raum) stattfindenden Feierlichkeiten zum 400-jährigen Jubiläum der Erfindung des Buchdruckes durch Johannes Gutenberg. Ein Jahr zuvor hatte der Rat der Stadt Leipzig bei Mendelssohn, der zu dieser Zeit seit mehreren Jahren das Amt des Gewandhauskapellmeisters bekleidete, die Komposition für die bevorstehenden Feierlichkeiten in Auftrag gegeben. In den folgenden Monaten entstand ein monumentales Werk für Orchester, Chor und Gesangssolisten mit Vertonungen von geistlichen Texten, welches in seiner Rezeptionsgeschichte zu zahlreichen Kontroversen führen sollte. Die erste Fassung, welche im Juni 1840 anlässlich des Buchdruckerfestes in der Leipziger Thomaskirche zur Uraufführung gelangte, wurde von Mendelssohn in

---

47 Jan Caeyers: *Beethoven. Der einsame Revolutionär*, München 2012, S. 422.
48 Vgl. beispielsweise das *Concerto Pastoral* op. 120 von Ferdinand Ries.
49 Vgl. Steinbeck 2002, S. 79.

der Folgezeit überarbeitet und erweitert.[50] Bei den folgenden Erörterungen im Rahmen der vorliegenden Arbeit wird diese endgültige Werkfassung zugrunde gelegt.

3.2.2 Das Werk

Vom formalen Aufbau besteht der *Lobgesang* aus einem Instrumentalteil (*Sinfonia*) und einem Vokalteil. Das Werk ist in durchnummerierte Abschnitte gegliedert. Diese Abschnitte sollen im Rahmen der vorliegenden Arbeit bewusst nicht als Sätze bezeichnet werden, da die Abschnitte gegenüber den einzelnen Sätzen eine übergeordnete Gliederung darstellen, was deutlich aus der *Sinfonia* hervorgeht: Die drei Sätze der *Sinfonia* wurden als Abschnitt Nr. 1 zusammengefasst und sind diesem somit untergeordnet.

Der Instrumentalteil, die *Sinfonia*, folgt weitgehend dem Typus einer Sinfonie.[51] Insbesondere der erste Satz mit langsamer Einleitung mit folgendem Kopfsatz in Sonatensatzform entspricht dem typischen Erscheinungsbild einer Sinfonie.[52] In der langsamen Einleitung des 1. Satzes wird direkt zu Beginn von den Posaunen das sogenannte „Urmotiv"[53] vorgetragen, welches für das gesamte Werk von Bedeutung ist. Durch die Vortragsbezeichnung *adagio religioso* im 3. Satz treten die geistlichen Charakterzüge des Werkes ebenso hervor, wie durch die Einbeziehung der Orgelstimme an mehreren Stellen des Werkes.

Der *Sinfonia* folgt der Vokalteil mit den Abschnitten Nr. 2 bis 10. Im 1. Satz des Vokalteils (Abschnitt Nr. 2) wird ab Takt 32 das zu Beginn der *Sinfonia* vorgestellte Urmotiv wiederaufgegriffen und durch den Chor zu den Worten „Alles was Odem hat lobe den Herrn" vorgetragen, wodurch der Sinngehalt des Urmotivs nun in seiner Gänze hervortritt. Dieses Urmotiv (Bsp. 5) verkörpert somit den Grundgedanken des Werkes.

---

50 Vgl. Roger Fiske: *Vorwort*, in: *Felix Mendelssohn Bartholdy, Symphony No. 2*, London 1980, S. VIII: Demnach wurden von Mendelssohn neben Veränderungen an dem bereits bestehenden Notenmaterial dem Werk drei Gesangssoli und eine Orgelstimme hinzugefügt.
51 Vgl. Steinbeck 2002, S. 128.
52 Vgl. ebd.
53 Ralph Larry Todd: *Felix Mendelssohn Bartholdy. Sein Leben – Seine Musik*, Stuttgart 2008, S. 439.

Al - les was O - dem hat lo - be den Herrn

Bsp. 5: Das Urmotiv in Mendelssohns *Lobgesang*. Eigene
Abschrift nach: Edition Eulenburg 1980.

Die folgenden Sätze weisen im weiteren Verlauf einen Abstieg von B-Dur zu c-Moll auf, was den Abstieg in die Dunkelheit symbolisiert und in Abschnitt Nr. 6 den Tiefpunkt erreicht.[54] In Abschnitt Nr. 7 kommt es zur Wende und in D-Dur erklingen die Worte „Die Nacht ist vergangen". Es folgt ein Aufstieg, welcher in Abschnitt Nr. 9 wieder die Ausgangstonart B-Dur erreicht. Dieser symbolisiert den „Triumph des Lichts über die Dunkelheit".[55] Im letzten Satz (Abschnitt 10) wird in Takt 189 erneut das Urmotiv aufgegriffen und erklingt ab Takt 191 *fortissimo* im Tutti, sodass das Gesamtwerk mit der Lobpreisung Gottes seinen Abschluss findet.

Was die Konzeption des Werkes anbetrifft, so findet die Einteilung in Instrumental- und Vokalteil in den vertonten Texten ihre Bestätigung: Bezeichnenderweise lautet der Text ab Takt 52 des Abschnitts Nr. 2 „Lobt den Herrn mit Saitenspiel, lobt ihn mit eurem Liede". Für den *„Lob mit Saitenspiel"* kann insoweit der Instrumentalteil stehen, für den *„Lob mit eurem Liede"* der Vokalteil.[56] Dieser Grundgedanke wird besonders aus einem Brief Mendelssohns an Karl Klingemann vom 21. Juli 1840 deutlich: „Du verstehst schon, dass erst die Instrumente in ihrer Art loben, und dann der Chor und die einzelnen Stimmen."[57] Die Assoziation zu der Thematik des *Lobgesang* mit den Gutenberg-Feierlichkeiten besteht darin, dass man mit dem Sieg des Lichts über die Dunkelheit symbolisch „Gutenbergs Erfindung als Mittel der Verbreitung von Gottes Wort durch die gedruckte Lutherbibel" feierte.[58] In diesem Zusammenhang ist anzuführen, dass die im *Lobgesang* von Mendelssohn ausgewählten und vertonten Texte allesamt aus Martin Luhers Übersetzung des alten Testaments stammen.[59]

---

54 Vgl. ebd., S. 440.
55 Ebd.
56 Vgl. Wolfram Steinbeck: *Die Idee der Vokalsymphonie. Zu Mendelssohns „Lobgesang"*, in: *Archiv für Musikwissenschaft*, LIII. Jahrgang 1996, Stuttgart, S. 223.
57 Karl Klingemann (Hrsg.): *Felix Mendelssohn-Bartholdys Briefwechsel mit Legationsrat Karl Klingemann*, Essen 1909, S. 245, zit. nach: Steinbeck 2002, S.131.
58 Todd 2008, S. 438.
59 Vgl. Fiske 1980, S. VIII.

3.2.3 Der *Lobgesang* vor dem Hintergrund Beethovens Sinfonik, insbesondere Beethovens *Neunter*

Im Mittelpunkt der Werkrezeption des *Lobgesang* stand bereits seit der Uraufführung das Verhältnis zu Beethovens *9. Sinfonie*. Dies stellte auch den wesentlichen Angriffspunkt von Kritikern dar, die in dem *Lobgesang* insbesondere eine „blasse Imitation Beethovens" sahen.[60]

Bei Betrachtung des Werkes kann in der äußeren Form ein Bezug zu Beethovens *Neunter* vermutet werden. In beiden Werken stehen zunächst drei Instrumentalsätze, an die sich ein Vokalteil anschließt. Außer dieser formalen Parallele gibt es jedoch kaum weitere Übereinstimmungen.[61] Betrachtet man das Werk jedoch genauer, so werden vielmehr grundlegende Unterschiede offensichtlich. Als markanter Unterschied fällt der geistliche Text im Lobgesang auf, wobei es sich bei dem vertonten Gedicht in Beethovens *Neunter* um einen weltlichen Text handelt. Ferner kann man in Beethovens *Neunter* von einem Chorfinale sprechen. Demgegenüber erscheint die Verwendung des Begriffes „Finale" für den Vokalteil in Mendelssohns *Lobgesang* verfehlt. Denn während vom Umfang her in Beethovens *Neunter* die Instrumentalsätze deutlich überwiegen, verhält es sich in Mendelssohns *Lobgesang* genau umgekehrt. Die Spielzeit der Orchestersätze dauert ungefähr 26 Minuten, während auf den Vokalteil etwa 44 Minuten entfallen.[62] Angesichts dieser Gewichtung erhält der Instrumentalteil eher den Charakter einer Einleitung zu dem folgenden Vokalteil, als den eines Finales. Hinzu kommt, dass der Sinngehalt des Werks zu Beginn des Vokalteils durch das Wiederaufgreifen des Urmotivs in Verbindung mit dem Text „Alles was Odem hat lobe den Herrn" endgültig hervortritt und somit der Eindruck entsteht, dass hier der wesentliche Teil des Werkes beginnt. Als eigentliches Finale des *Lobgesang* kann insoweit der Abschnitt Nr. 10 angesehen werden, welcher nach dem Sieg des Lichtes über die Dunkelheit und der anschließenden Danksagung das Werk mit der Lobpreisung Gottes abschließt.[63]

---

60 Todd 2008, S. 438.
61 Vgl. Steinbeck 2002, S. 128.
62 Vgl. Fiske 1980, S. X.
63 Vgl. Ausführungen im Kapitel 3.2.2 der vorliegenden Hausarbeit.

Der trotz dieser bedeutenden Unterschiede immer wieder angestrengte Vergleich mit Beethovens *Neunter* dürfte jedoch der „zeittypischen Gepflogenheit entsprechen, alles Neue an Beethoven zu messen".[64] Dieser Umstand veranschaulicht in gleichem Zuge die bereits im Kapitel 2.1 dieser Arbeit dargestellte Vorbild- und Maßstabsfunktion von Beethovens Sinfonik. Gleichwohl dürfte Beethovens *Neunte* für Mendelssohn eine Inspirationsquelle dargestellt haben, wobei der Vorwurf der Imitation angesichts der bedeutsamen Unterschiede zu weit geht.

Im Ergebnis kann hinsichtlich Mendelssohns *Lobgesang* festgehalten werden, dass dieser die in Beethovens *Neunter* mit dem Chorfinale geschaffenen Ansätze intensiviert und diese damit fortgeführt hat, was nicht nur ein Durchbrechen der Gattungstradition darstellt, sondern eine Aufhebung der insbesondere von E. T. A. Hoffmann geprägten romantischen Musikauffassung, wonach die „Instrumentalmusik [...] kraft ihrer (Wort)-Ungebundenheit zu 'reiner' und damit zur 'höchsten' Kunst erklärt wurde."[65]

---

64 Steinbeck 2002, S. 128.
65 Steinbeck 1996, S. 231.

4. Schlussbetrachtung

In Anbetracht der vorangegangenen Ausführungen zeigen die beiden exemplarisch betrachteten Werke von Berlioz und Mendelssohn deutlich die in unterschiedliche Richtungen führenden Entwicklungen der Gattung Sinfonie im 19. Jahrhundert. Beide Werke haben trotz ihrer völligen Gegensätzlichkeit eines gemein: Sie stellen aufgrund ihren Brüchen mit der Gattungstradition eine Abkehr von der Idee der Sinfonie im Sinne reiner Instrumentalmusik dar, wobei sich diese Abkehr in den betrachteten Werken auf unterschiedliche Weise vollzieht.

In Berlioz' *Symphonie fantastique* wird die Idee der Sinfonie als Gattung reiner Instrumentalmusik aufgegeben, indem das Programm die Basis für das Werkverständnis bildet, mithin die Musik auf einen außermusikalischen Gehalt angewiesen ist. In Mendelssohns *Lobgesang* realisiert sich in verstärktem Maße, was Richard Wagner später hinsichtlich Beethovens *Neunter* angemerkt hat. So war dessen zentrale These, dass durch das Heraustreten aus der reinen Instrumentalmusik und dem Griff nach dem Wort „'die letzte Symphonie' geschrieben und damit der erste und wichtigste Schritt zur Verbindung der bis dahin gesonderten Künste getan worden" sei.[66] Wenn demnach es in Beethovens *Neunter* zu einer Vermischung von Instrumental- und Vokalmusik innerhalb der Sinfonie gekommen war, so kommt es in Mendelssohns *Lobgesang* zusätzlich zu einer Vermischung von weltlicher und geistlicher Musik innerhalb der Gattung.

Abschließend kann im Sinne eines Ausblickes ausgeführt werden, dass die anhand der beiden Werke von Felix Mendelssohn Bartholdy und Hector Berlioz veranschaulichten Ideen für neue sinfonische Konzepte und die damit einhergehende Entfernung von der ursprünglichen Gattungstradition durch spätere Komponisten intensiviert und vielleicht sogar zu ihrer Vollendung geführt wurden. Repräsentative Beispiele bilden etwa die sinfonische Dichtung (u. a. Franz Liszt, Bedřich Smetana, später vor allem Richard Strauss) als eine durch die Programmsinfonien wesentlich beeinflusste neue Gattung oder die Sinfonik Gustav Mahlers, in dessen Sinfonien sich mehrfach die Einbeziehung von Gesang findet. Ein besonders augenscheinliches Beispiel bildet jedoch dessen

---

66 Steinbeck 2002, S. 135.

Sinfonie Nr. 8 *Sinfonie der Tausend*, bei welcher die Entfernung von der Gattungstradition so weit reicht, dass die traditionelle Form der Sinfonie aufgrund der inneren Ordnung des Werkes nicht mehr erkennbar ist, sowie die Einbeziehung von Gesang durch Chor und Solisten nahezu das gesamte Werk beherrscht.

5. Literaturverzeichnis

5.1 Musikalien

Hector Berlioz: *Symphonie fantastique*, London u.a. 1977.

Felix Mendelssohn Bartholdy: *Symphony No. 2*, London 1980.

5.2 Schrifttum

Jan Caeyers: *Beethoven. Der einsame Revolutionär*, München 2012.

Wolfgang Dömling: *Hector Berlioz. Die symphonisch-dramatischen Werke*, Stuttgart 1979.

Roger Fiske: *Vorwort*, in: Felix Mendelssohn Bartholdy: *Symphony No. 2*, London 1980, S. VII–X.

Martin Geck: *Ludwig van Beethoven*, 5. Auflage, Reinbek 2001.

Martin Geck: *Wenn der Buckelwal in die Oper geht. 33 Variationen über die Wunder klassischer Musik*, München 2009.

Matthias Henke: *Joseph Haydn*, München 2009.

Lewis Lockwood: *Beethoven. Seine Musik. Sein Leben*, Kassel 2009.

Hugh Macdonald: *Vorwort*, in: Hector Berlioz: *Symphonie fantastique*, London u.a.
1977, S. VII–IX.

Wolfram Steinbeck: *Die Idee der Vokalsymphonie. Zu Mendelssohns „Lobgesang"*, in:
Archiv für Musikwissenschaft, LIII. Jg. 1996, S. 222–233.

Wolfram Steinbeck: *Die Symphonie im 19. und 20. Jahrhundert. Teil 1: Romantische
und nationale Symphonik* (= *Handbuch der musikalischen Gattungen Bd. 3,1*), Laaber
2002.

Inge Stephan: *Die späte Romantik*, in: *Deutsche Literaturgeschichte. Von den Anfängen
bis zur Gegenwart*, 7. Auflage, Stuttgart und Weimar 2008, S. 223–227.

Ralph Larry Todd: *Felix Mendelssohn Bartholdy. Sein Leben – Seine Musik*, Stuttgart
2008.

BEI GRIN MACHT SICH IHR WISSEN BEZAHLT

- Wir veröffentlichen Ihre Hausarbeit,
  Bachelor- und Masterarbeit

- Ihr eigenes eBook und Buch -
  weltweit in allen wichtigen Shops

- Verdienen Sie an jedem Verkauf

**Jetzt bei www.GRIN.com hochladen
und kostenlos publizieren**

Lightning Source UK Ltd.
Milton Keynes UK
UKHW011233240921
391121UK00002B/338